때로는 반짝거리며

때로는 흔들리며

# 때로는 반짝거리며
# 때로는 흔들리며

프로젝트아티스트 윤정

마음사진 에세이

푸른솔

# 때로는 반짝거리며
# 때로는 흔들리며

2020년 4월 24일 초판 인쇄
2020년 5월 6일 초판 발행

지은이      윤정
발행자      박흥주
발행처      도서출판 푸른솔
편집부      715-2493
영업부      704-2571
팩스        3273-4649
주소        서울시 마포구 삼개로 20 근신빌딩 별관 302호
등록번호    제 1-825
값          19,000원
ISBN        978-89-93596-95-3 (03810)

생애 첫 트레킹이 히말라야였고 6년간 아프리카를 여덟 번 다녀왔다.
낯선 곳을 밟으며 어린아이처럼 '처음' 을 만나는 시간 동안 제대로
숨을 쉴 수 있었다. 어른이 된 후 맛보는 처음은 한 길 한 길 진하고 깊었다.
몰랐던 세상은 생각보다 컸고 아직 살을 부대끼며 느끼고 싶은 게 많았다.
마주한 시간 속에서 반짝거리는 나를 보았다.
제자리로 돌아오면
어느새 한 발짝 성큼 걸어나갈 힘이 생겼다.
일상을 소소하게 편안히 내 것으로 만들어내는 일이 가장 소중하고
어렵다는 걸 알았다.
흔들림 속에서도 담담하게 살아낼 수 있었으면 좋겠다.
내내 미소 지으며 가끔 손 흔들어주며
문득문득 반짝거리며.


요즘 행복합니다.
이제 혹독한 바람도, 추운 겨울도 괜찮아요.
조금 더 단단해졌거든요.
옹졸했던 마음도 조금 넓어졌거든요.


우리 다정하게 함께 가요.

프로젝트아티스트 윤정

# 1부

## 인생은 아름다워

# 서
# 툴
# 게

소년,
그리고 소녀.

도화지에 깨끗하게.
수줍게 스미듯.

다시 사랑.

# 소란스럽지 않게

여유란 그냥 생기는 것이 아니었다.
틈, 그 사이에 생기는 폭.

쉼표 뒤에 오는 네모 한 칸 만큼의 공간에서 조금씩 옅은 숨을 고르는 것.

그런 시간들이 쌓여 만들어지는 편안한 자리.
마땅히 존중받아야 하는 아름다운 여백.

# #3
# 여유

마음이 시간에 평안히 흐를 때가 있다.
평온.

빈틈없이
마음속에 반짝거리는 바다.
구름 속 꽃밭.

마음에서 머리까지 천천히 스미는 시간.

상상만 하던 밑그림이
순서 없이 채워지는 나만의 스케치북.

#4
# 가끔

펄럭이고 푸르고 싶은 밤이 있다.
행복한 기운을 걷잡을 수 없는 밤.

힘껏 껴안아주고 싶은 밤,
사랑한다고 말해주고 싶은 밤.

# 5

언
젠
가
는

아직 가보지 못한 나라가 많다.
미지의 나라, 그곳에 살고 있는 사람들, 문화, 일상 그리고 삶.

누군가의 작은 마음이 큰 선물이 될 때가 있다.

알 수 없는 그곳을 신나게 상상하게 만드는 것.

자그마한 마그네트 알갱이 여섯 개로
머릿속으로 수천 번 여행한 밤.

두 발로 꼭 딛지 않아도
달콤한 먼 나라 여행.

# #6
## 놀이처럼

모래가 고운 바다 앞에
소박한 집을 짓고

해변에서 뒹굴며
책을 읽고 글을 쓰고

보트에 누워
태닝을 하며 음악을 듣고

제트스키를 타고
당신과 맛있는 밥을 짓고

각자의 공간에서
좋아하는 일을 하고

자유를 원하는 만큼
건강한 자유를 존중하고

밤하늘의 별을 보며
사랑을 나누고 곯아떨어지는

바다 앞 매일 여름날을
천천히 마주하기 위한 준비.

# 7

# 다른 박자

어릴 땐 쉬어갈 줄 몰랐다.
걸을 줄도 몰랐다. 누가 뛰면 덩달아 뛰어야 할 것만 같았다.

이제 걸을 줄도, 쉬어갈 줄도 알게 됐다.
달려가는 사람에게 어느새 진심으로 손을 흔들어주고 있다.

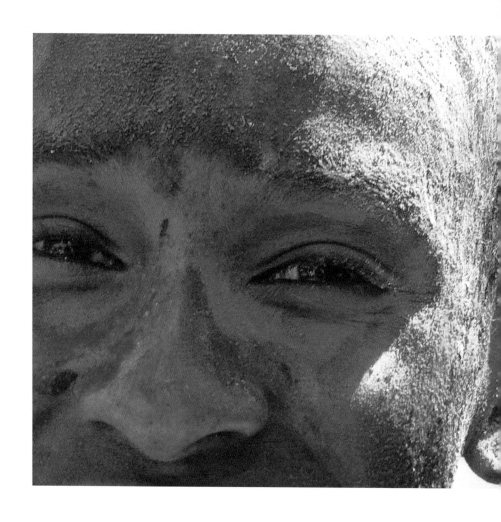

#8
진심


어떻게
눈이 말보다 진할까.

# 윗사람

선배란
태어난 연도나 지갑을 여는 횟수가 아니라
세상 경험의 넓이와 깊이,
서로 다른 사람에 대한 인정과 이해,
각자의 경험치와 지내온 시간에 대한 진심 어린 존중이 있는 사람 아닐까.

# #10
## 굿모닝


양배추를 씻어 썰어두고
소스를 만들고

빵을 굽고
달걀과 햄을 부치고

사과 반 조각을 깎아
접시에 예쁘게 담고

보글보글 물을 끓여
커피로 마음을 단정하게 정리하는 아침.

소소하게
보통의 하루 시작.

35

# 오늘부터

폭신한 담요를 치우는 시간.


안녕,

봄.

## #12
## 선물


까르르 웃음소리
수줍은 터치
아쉬운 눈빛
간절한 마음
행복한 배웅


고마워.

마음속에
나비가 들어왔다.

나풀나풀 춤추는
노란 봄 나비.

설 렘

#14
친구

내가 끓인 김치찌개를 유독 좋아하던 너
네가 만든 떡볶이를 유독 좋아하던 나
처음엔 조금 거리를 두던 너
처음부터 마음이 열렸던 나

늦은 밤까지
손수 의자를 만들며 가까워진 우리.

말없이 걸으며
둘만 마신 그날의 새벽 공기.

그렇게 25년.

아직
그 자리에 그대로인 너와 나에게 유독 고마운 오늘.

#15
# 마음을 담아

침대 위 바삭한 이불을 정리하는 일,
좋아하는 향을 머금은 빨래를 너는 일,
라디오 영화음악을 기다렸다 챙겨 듣는 일,
아껴둔 책을 읽거나 새벽에 글을 짓는 일.

오늘
첫 공기와 첫 물 한잔.

마음을 청결하게 정돈해주는 단조로운 움직임에
소박한 의미를 담으면 상쾌해지는 기분이 있다.

사소한 즐거움이 많아질 때.

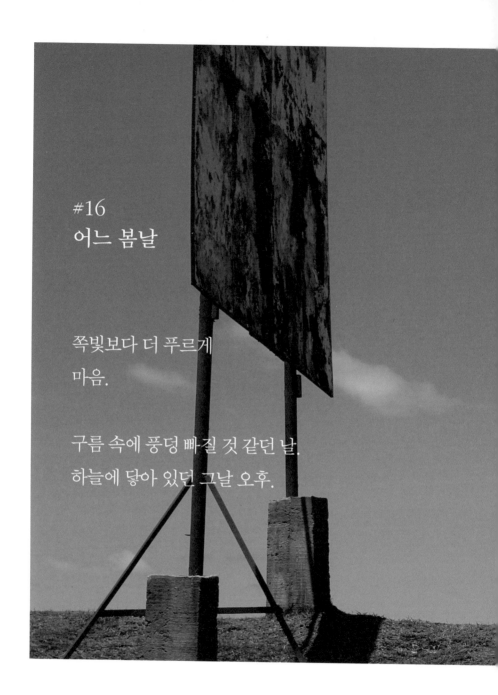

#16
어느 봄날


쪽빛보다 더 푸르게
마음.


구름 속에 풍덩 빠질 것 같던 날.
하늘에 닿아 있던 그날 오후.

# #17

## 한마디

마음이
찬란한 날

숨죽이다
차오르는 보고 싶다는 그 말.

#18
# 노래


하루를
꽉 채워주는 나만의 음악 리스트.

청명한 오늘을 보낼 수 있는 건
그때와 지금의 우리들이 모조리 담겨서 일 거야.

# #19
## 손 편지

얼기설기
꾹꾹 눌러 담은 진심.

꼬깃꼬깃
종이에 겹치는 얼굴.

횡설수설
입술에 묻은 부끄러움.

무엇보다
반짝거리던 니 마음.

어느 예쁜 날
너의 어려운 고백.

#20
산책

비행기 타는 시간을 세어보듯
매일 잠들기 전 손가락으로 시간을 꼽아본다.
구름 속으로 몽실몽실 폭신하게 혼자 여행을 다녀오는 시간.

멈춘 우주. 평화로운 숲속.

깊고 충분한 잠이 주는 매일 밤 별거 아닌 행복.

# 21

# 공간

공간에는 그 사람이 짙게 묻어 있다.

성격, 취향, 취미, 감각, 그 사람 냄새.
모든 걸 한눈에 알 수 있는 숨길 수 없는 비밀 방.

공간은
큰지 작은지 비싼지 싼지가 아니라
은근하게 그 사람이 배어날 때 멋스럽다.

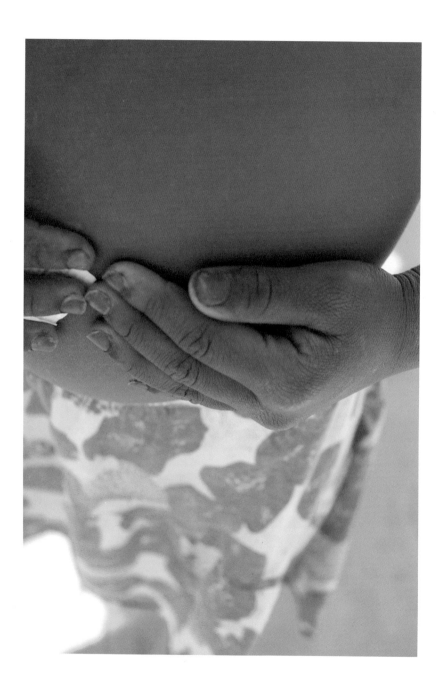

#22
## 속마음


삐뚤빼뚤 제멋대로 물들인 봉숭아 빛

거침없던 손이 조신해졌다.

개구진 아이 손이 갑자기 수줍다.

옆구리를 간지럽히면 다시 장난기가 살아날까.

#23
## 여름 속에서

작열하는 태양이 좋고
여름 바다가 좋다.

초록이 좋고
푸름이 좋다.

그늘 아래 살짝 부는 뜨거운 바람도,
적당한 그을림도 좋다.

반바지도 좋고
발가락이 드러나는 조리도 좋다.

수박 소리에 든
명랑한 기운이 있다.

#24
# 고마운 사람

자주 보지 못해도
뚜렷하게 말하지 않아도
전화기 너머 공기만으로도 전해지는 진심이 있다.

좋은 일이 생겼을 때 내 사람이 보였다.

# #25
## 따뜻하게

양지바른 곳에
하루 종일 나를 말렸다.

볕이 드는 날마다
마음을 바짝 말린다.

눅눅함을 털어내고
바삭한 자리를 빚어가는 시간.

재촉하지 않고
천천히 볕을 들인다.

#

26

마
음
산
책

추위가 힘들어 겨울을 싫어하지만
뉴욕의 혹독한 겨울이 종종 포근하게 떠오를 때가 있다.

두꺼운 코트와 롱부츠, 털모자와 목도리.
동네 작은 버스 정류장.

자주 가던 서점과 카페, 그곳 커피와 음악.
친구들과 소박하게 마음을 나누던 크리스마스.

옹골진 전시만 기획했던 자그마한 갤러리.

일터에서의 고단했던 마음을
허기진 사람처럼 풍요롭게 달랬던, 생활의 균형을 찾게 해준 고마운 공간들.

걸으며 만난 숱한 이야기들.

알싸한 공기가 줬던 서른두 살의 고왔던 희망.

기억 끄트머리 속
뉴욕에서 330일.

마지막 날 밤하늘.

# 27

# 새그림


NGO와 재능 나눔을 함께 하며 알게 된 네팔 현지 가족이 있다.
예쁜 부부에게는 다섯 살 난 귀여운 아이가 한 명 있었다.


"이름이 뭐야?"
"새그림"
"응?"
"새. 그. 림."


옆에 있던 아빠가 말을 거들었다.
"한국말, 새그림이요."
새그림, 어떻게 저런 이름을 지을 생각을 했을까.
저 아이는 자라며 얼마나 멋진 새 그림들을 그려나갈까.
상상만으로도 빈 도화지 위에 꽃이 피어날 것 같았다.

# #28
# 말없는 위안

몇 해 전이다.

아버지가 들어간 차가운 응급실 문이 닫히는 걸 보고
바깥으로 나왔다.

햇살이 유난히도 따사롭던 날, 언니와 나는 벤치에 나란히 앉았다.
한동안 침묵 속에 자판기 커피를 나눠 마셨다.
그날 공기는 우리에게만 텁텁한 것 같았다.

서로 눈이 마주쳤다.
우린 종종 동시에 그랬다.

각자 마음속에 웅얼거리는 소리가 서로에게 들리는 것 같았다.

'괜찮을 거야'

# #29
# 나이

달진 않아도

우거지고 푸르러지는 것.


견고하고 단단해지는 것. 그렇게 드넓게 커나가는 일.

# #30
# 다른 세상


뜨겁던 마음만큼 숨 막히게 뜨겁던 곳, 하늘 아래 잊지 못할 땅.


바다보다 낮고 적도보다 덥다는 사막.
지구상 극악의 기후, 연평균 낮 기온이 60도에 육박하고 밤 기온도 30도가 넘는 곳.


'죽음의 땅'이라고도 불린다는 에티오피아 화산군에 속하는 다나킬 사막이었다.


차에서 내리자 후끈했다. 스카프로 코와 입을 틀어막았다.
마음을 단단히 먹은 덕인지 가는 길은 생각보다 무난했다.


형형색색의 용암호수가 보였다. 피어나는 꽃처럼 곳곳에 퍼져 있다.
매캐한 냄새가 코를 찔렀다. 조금씩 흐르는 용암을 피해 촬영을 했다.
어느 정도 걸으며 시간을 보내자 뜨거운 기운이 온몸을 달구기 시작했다.
조금 더 머물자 숨이 턱턱 막히며 울렁거렸다.
뜨거운 가운데 짙은 유황 냄새 탓인지 두통과 어지러움이 순식간에 몰려왔다.
서둘러 방향을 틀었다. 동행하던 현지인은 물병을 내밀며 괜찮냐고 물었다.
대답할 겨를도 없이 얼마 남지 않은 물을 쏟아 붓고 누울 곳을 찾았다.


쉬어갈 자리를 겨우 찾아 몸을 기댔다.
물에 적신 수건으로 얼굴을 덮고 숨을 몇 차례 미세하게 내쉬자 나아지는 것 같았다.

유황 냄새가 온몸에 밴 것 같다.
한낮 뙤약볕에 눈을 감고 계속 온전한 공기와 청명한 하늘을 그려보았다.

10분이나 지났을까. 조금씩 나아졌다.
수건을 떼고 앉으니 여전히 뜨거운 공기에 숨이 조여 왔다.
수건은 어느새 바짝 말라 있었다.
촬영을 더 해볼까 하다가 내려가기로 했다. 틈틈이 얼굴에 쏟아 붓던 물도 바닥났다.

내려갈수록 기온이 떨어지는 것 같았다.
차에 들어오자마자 정신없이 물을 마셨다.

극한, 그리고 안도.
48~50도를 웃돌던 세상 아닌 세상 속.

한참이 지나서야 온몸이 땀으로 뒤범벅된 걸 알았다.
달리던 차 에어컨에서는 여전히 뜨거운 바람이 새어나오고 있었다.

낙타와 하염없이 길을 걸으며 소금을 나르는 사람들이 눈에 띄었다.
쉬어가기로 했다. 차츰 마음이 가라앉고 있었다.

돌아와 한동안 아무것도 떠오르지 않았다.

짙고 매스꺼운 유황 냄새와 숨 막히게 뜨겁던 공기의 아득함 외에는
어떤 생각조차 할 수 없었던 곳. 다나킬은 '지금, 이 순간'만 존재하는 곳이었다.

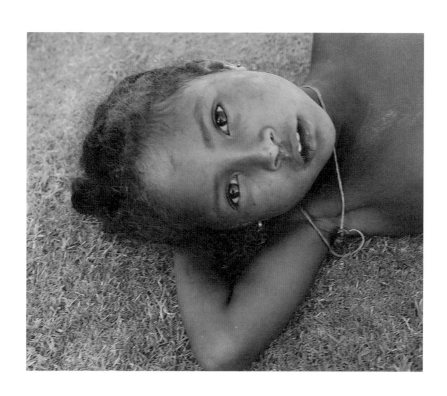

#31
## 교감

한동안 침묵했다.
짧았을지 모를 그 순간이 길게 느껴졌
다.

진하다.
귀하다.
따뜻하다.

#

## 32

# 기
# 억

바다를 보고 싶지 않았다.

반짝이는 바다를 보면
눈물이 와락 쏟아질 것 같아서, 하염없을 것 같아서.

# #33
# 아름다운

눈을 압도하는 거대한 작품이 있었다.
벽면을 가득 채운 것은 자세히 들여다보니 빨래판이다.
족히 100개는 넘어 보였다.

노래하는 빨래판.

할머니 생각이 났다.
얼굴을 쓸어주던 투박하고 거친 손, 전주 집 뒷마당.

가려다가 제목을 봤다.
늙은 꽃.
말이 엉켜 참 예쁘다.
하루 종일 혀끝에 맴돌았다.
늙은 꽃,
곱던 내 할머니.

*#34*
# 아버지

지난해 처음으로 아버지에게 받은 편지가 있다.

테이블에 조용히 두고 간 쪽지, 그를 닮은 반듯한 글씨.

"고마워"

아무것도 아닌 세 글자가 가슴에 오래 머물며 마음을 뜨겁게 짓누를 때가 있다.

# 35

# 엇갈림 뒤에

어떤 날은 크게 다투다가 '세상에서 가장 소중한 사람이 너'라는 말을
천둥처럼 내뱉어 어리둥절했지.
그땐 그 고운 말을 어떻게 이렇게밖에 못하는지 화가 났었지.

가끔은 오래 전 흘리듯 했던 말을 기억하고 있다가 무심히 해주기도 했어.

속상한 일이 있어 전화하면
어쩔 줄 몰라 하며 평소보다 서둘러 전화를 끊기도 했지.

언젠가 당신이 말했지.
네가 하는 방식만 사랑이 아니라고.
당신도 당신 방식대로 열심히 사랑하는 중이라고.

당신은 표현이 서툰 대신 투박하게 보여줬어. 그리고 진득하게 있어줬지.

그게 더 깊더라.

# #36
## 그날을 다시 만질 수 있다면

눈을 감으면 커피 향이 난다. 손을 허공에 대고 향을 만진다.
숨을 크게 들이쉬었다. 에티오피아 향기가 난다.

아프리카 에티오피아 이르가체페(예가체프) 마을은
수도 아디스아바바에서 비포장도로를 한참 달려야 만날 수 있다.
달리는 차에서 창문을 여니 뭉쳐 있던 근육이 풀리는 것 같았다.
깜깜하다. 아득하고 공기는 차다.
자꾸 눈을 감고 싶었다. 코로 그곳을 기억하고 싶어서.
창을 열고 바람을 맞으며 오래 공기를 마셨다.

숙소에 도착한 시간은 아무것도 볼 수 없는 밤이었다.
마을에 하나뿐인 호텔은 작고 허름했다.
방의 전기가 깜빡거렸다.
깜깜한 어둠에서 가까스로 샤워를 했다.
몸에 댈 수도 없이 뜨겁던 물은 시간이 지날수록 차가워졌고 물줄기는
힘을 잃었다. 머리에 비누 거품이 남은 채 수건으로 닦아야 했다.

어수선한 소리에 잠에서 깼다. 날이 밝기도 전이다.
동이 트기 직전, 닭이 꽤 오래 울었고 웅웅거리며 알아듣기 힘든 연설이
확성기를 타고 마을에 흘렀다.
로비로 내려가 테라스에서 커피 한잔을 마셨다.

마을 곳곳에서 커피 향이 난다. 초록과 붉은 흙, 커피 향이 뒤섞여
이르가체페 향을 만들었다.


숯불에 구운 커피콩에서는 윤기가 흐른다. "타닥타닥."
연기를 뿜으며 볶이는 콩 소리는 천국의 소리 같다.
고소하고 쌉싸름한 향을 내며 커피가 볶인다.
코끝으로 들어오는 향은 시간이 지날수록 진해졌다.
마시기도 전에 이미 마음이 허우적대고 있었다.


나무절구에 빻아 가루를 낸 커피는 제바나(커피를 끓이는 전용 주전자)에
한참을 끓여야 했다. 손때 묻은 흙 주전자가 세월을 말해준다.
긴 시간을 모두 묵묵하게 기다린다.


지나간 시간과 지금, 이런저런 생각이 스쳤다. 커피 가루처럼 고운 기억들이
향과 엉켜 마음이 뜨겁게 부풀어 오를 때쯤 커피가 만들어졌다.


에티오피아식 커피 세리머니는 소중한 사람과 나누는 성스러운 한 모금.
귀한 손님을 위한 의식처럼 행해졌다.
분나(Bunna). 에티오피아 사람들은 커피를 '분나' 라고 불렀다.
첫 잔은 환영, 둘째 잔은 행운, 셋째 잔은 축복.
커피를 에스프레소 잔 크기의 컵에 세 번으로 나눠 마시는 이유다.


아볼레(Abole : 첫 잔), 베르케(Berke : 둘째 잔), 소스트가(Sostga : 셋째 잔).


진한 커피가 조금씩 스미더니 입 안 전체가 커피 향으로 범벅이 됐다.

입을 여니 향이 퍼진다. 낯선 곳에서 낯선 이가 또 다른 낯선 이에게
진심을 담아 안녕과 축복, 행복을 빌어주었다. 형용할 수 없이 아름다운,
짙은 향과 함께. 그 마음을 오래 기억할 것 같았다.

아주 긴 시간을 보내고 온 것 같다. 머문 시간보다 길게 느껴졌다.
시간이 지날수록 이르가체페 향이 그리웠다.

이곳에서 커피를 볶기 시작했다. 그렇게 매일 그들을 만난다.
다시 만날 때까지 그들의 안녕을 바라며.

# 2부

때로는 아프게

# #1
# 관계 속에서


아무리 진심을 다해도
풍선처럼 부푼 거친 말 한마디는
마음을 두껍게, 무겁게 닫는다.

침묵은
떨리는 숨소리와
흐릿하게 떠다니는 먼지에
눈과 귀가 소름끼치게 집중되는 것.

침묵이
가장 힘이 센 이유.

#2
쉼

그해 7월, 지독히 뜨거웠다.


고요한 여름. 파도소리마저 조용했다.
모래 알갱이가 살갗을 보드랍게 감싸고
내리쬐는 볕이 피부에 깊숙이 파고들수록
세포와 감각이 조금씩 열렸다.


30일간 소음 없는 바다를 마주하며
시간을 잊었다.

#3
떠난 후

사랑을 그렇게 많이 줬는데도
그걸 받지 못했어.

#4

# 위로

흐린 날은 맨발 벗고
첨벙거리며 뛰어놀면 되지.

가끔 지치더라도
다시 씩씩하게 일어설 수 있게.

스스로를 지켜내는 가장 커다란 말, 괜찮아.

# 5

# 어떤 날

온도와 결이 달라지는 순간 묘한 틈이 벌어진다.
자기만의 언어로 급하게 번역해 짐작하고 뱉어낼 때
탈이 난다.

저마다의 언어를 뒤틀지 않고 그대로 받아들이는 일을
자연스럽게 해낼 수 있는 날, 어른이 되는 걸지도 모른다.

#6
# 미처

아무리
서로 아껴도
준비가 안 됐을 때 오면 어긋났다.

현실이 마음을 이기기도 했다.

# #7
## 공백


사람들과의 어울림을 좋아하지만
마음이 어수선할 땐 줄곧 혼자 시간을 보낸다.

처음부터 그랬던 건 아니다.
예민할 때 누군가의 감정을 헤아릴 자신이 없고
누군가의 의도치 않은 한마디에 나도 모르게 송곳처럼 날이 설 수도 있다는 걸
알게 된 후부터다. 서로의 감정을 살피는 일. 사람 만나기를 줄이고 연락도
느슨하게 한다.

단순한 일에 집중하고 짜여진 틀에서 조금만 벗어나
한동안 말을 줄이고 몸을 따르고 나면 어느새 제자리를 찾았다.

가까운 사람의 진심어린 위로만큼 혼자만의 위로도 늘수록 괜찮다.

#8
# 빨간불

몸은 거짓말을 하지 않는다.

매년 한 해도 거르지 않고 심하게 감기를 앓은 적이 있었다.
하루는 종일 자야 할 만큼 감기는 심한 열과 함께 독하게 왔고 몸은 그걸
기억하고 있다.

얼마 전 몇 년 만에 지독한 감기가 왔다. 오래 전 먹던 약을 샀다.
뜨거운 물을 부어 마시는 레몬 향이 나는 가루약.
이걸 마시면 머리가 한없이 무겁고 몽롱해지다가 깊은 잠에 빠진다.

쉬어가라는 신호.

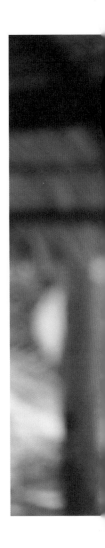

#9
# 전하고
# 싶은 말

그 마음 헤아리지 못한 것, 멋대로 마음을 헤집고 할퀸 것.

미안하고
미안하다.

나를 챙기려다
너에게 함부로 했어.

#10
진실

아무리 웃었던 시간이 많아도　　　신의가 빠지는 순간
아무리 나눈 시간이 깊어도　　　우정도 조용히 사라진다.
아무리 알아온 시간이 길어도.

# #11
# 그만큼

같은 일을 서로 다르게 기억하고 있을 때가 있지.

각자 기억하고 싶은 대로
기억하고 싶은 만큼만 마음에 두는 걸지도 몰라.

#12
# 이것만
# 지나가면

천장이 높고 창이 커다란 곳이었다.
머무는 동안 밤마다 난간에 앉아 창밖을 보며 일을 했다.
거대한 창을 열면 차디찬 공기가 벌컥 들어왔다.
추워야 할 공기는 시원했다.
내키지 않는 것도 해야 할 때가 있다.

호흡을 크게 내쉬며 마음속 찌꺼기를 내보냈다.
오래도록 춥지 않았다.

우리는 모두 각자의 자리에서 그렇게 살아간다.

얇게 가리어진 세상 속에서.
너와 나, 나풀거리는 한 장의 커튼 사이에서.

## #13
# 곱씹는 시간

더 옹골져지려면
얼마나 더 켜켜이 쌓여야 할까.

아직도 물렁하게 바보처럼
헛돌 때가 있다.

아직 긴 여행이 남아 있다.

# #14
# 뒷모습

떠나는 길이 아름다우려면 얼마나 더 애썼어야 했을까.
아름다운 헤어짐이 있기나 한 걸까.

#15
균형



마음을 중간에 두는 걸
자연스럽고 편하게 할 수 있을 때 뿌리까지 단단해지겠지.

#

16

나
아
지
려
고


전보다

더디고 느려진 이유는

같은 실수를

반복하고 싶지 않아서야.

# #17
## 다정하지 않은

더 이상 앞이 보이지 않을 때 오히려 정신이 든다.
뿌옇게 보이지 않는 세상 속에서, 막다른 골목길에서.

살기 위해,
가기 위해.

본능이 주는 매서운 힘이 있다.

# 18

# 눈

눈이 아직도 좋다.

발자국 소리도, 흩날리는 모양도, 쌓여가는 모습도, 하얀 색깔도
세상이 한동안 가려지는 것도.

가려진 세상 위에
그리고 싶은 그림을 그린다.

시끄럽지 않은 세상.

# #19
# 어쩌다 한 번

썼다 지웠다 하기를 여러 번. 쓰다만 글들이 여기저기 흩어져 있다.
그해 겨울이 갔다.

이듬해 봄, 들썩이지 않고 몇 장 쓰다가 멈췄다.
여름과 가을을 보내고 또 한 해가 지나갔다.

한동안 글쓰기를 잊기로 했다.

올 겨울,
다시 노트북을 열었다.

새벽마다 같은 자리에 앉았다.
여전히 생각만 떠돌 뿐 글로 지어지질 않았다.

그렇게 2주를 흘려보냈다.

얼마 전부터 다시 쓰고 있다.
또각거리는 자판 소리가 귀에 꽉 찰수록 손이 빠르게 흘렀다.
공기 속에 생각이 녹아 글로 꽃 피울 때 드는 고요한 설렘,
깊은 밤이 내준 귀한 손님.

쓴 글을 누군가와 공유하지 않아도 그것만으로 덜어지고 채워지고
정리되는 것들이 있다.

오래, 깊이 들여다보지 않으면 나조차도 보지 못할 또 하나의 작은 나.

#20

# 다른 시선

같지만
같지 않은 여러 개의 표정.

아름답지만
아름답지 않은 여러 개의 모습.

함께 같은 것을 보아도 서로 다른 것을 봤다.
각자의 세계만큼으로 본 세상은 저마다 그렇게 달랐다.

# 21

# 배신감

네모반듯한 깔끔한 생선.
아주 어릴 때 나는 그를 '얼굴 없는 고기'라 불렀다.
맛도 있지만 유일하게 생선 중에 머리가 없이 깔끔한 게 마음에 들었다.
꽤 오랫동안 얼굴이 없는 줄 알았다.

어느 날 엄마는 안 되겠던지 생선가게에서 징그럽게 길기만 한
무시무시한 생선을 보여주며 얼굴 없는 고기라고 말해주었다.

아니라고 말했지만 엄마는 몇 번이고 맞다고 했다. 계속 부정하는 내 앞에
생선가게 아저씨와 엄마는 어느새 한편이 돼 갈치 손질하는 과정을
보여줬다.

눈앞에서 보고도 울고불고 아니라고 했던 건 굳건하게 믿고 있던 마음,
그 마음이 무너져서 아니었을까. 그날 이후 한동안 갈치를 먹지 못했다.

# #22
# 부끄러운 고백

고백하건데
말로 사람을 아프게 한 적이 꽤 있다.

말을 줄이고
글을 늘리기로 한 것에는 그 이유도 있다.

말은 순식간에 걷잡을 수 없이 내뱉어지지만
글은 몇 번이고 다듬어 내보낼 시간을 주니까.
끝끝내 보내지 않을 수도 있으니까.

#
23
그
때


충분히

빛났고 아팠어.

#24
# 걷기


이대로 괜찮아서 그 시간을 붙잡고 싶을 때나 버거워 그 시간을
놓고 싶을 때 주로 떠나고 싶어졌다.

그땐 후자였다.
맑은 새벽 공기를 마시며 매일 다섯 시간을 걸었다. 고단했던 시간을
흘려보내고 그 자리를 깨끗하게 비운 채 돌아오고 싶었는지 모른다.

땀 흘리고 걸으며 얻는 묵직함이 있었다.
생각보다 혹독했던 마지막 다섯 시간.
끝이 보인다는 건 견딜 수 있는 마지막 버팀목이 돼 주었다.
새벽 공기의 청량함과 걸으며 떠내려간 둔탁했던 기억, 오르내리며 만난
고운 사람들, 빈자리에 입혀질 새로운 내일, 살아 있는 나를 마주한 시간.

그렇게 첫 안나푸르나를 만났다.

#25
# 이치

자세히 들여다보면
이유 없는 것이 없고 이해 안 될 것이 없다.

들여다볼 마음이 없을 뿐.

# 26

# 숙제처럼
# 하는 말

상투적이거나 기계적인, 또는 의미 없이 쏟아내는 말보다
마음을 건드리는 가벼운 눈인사가 나을지 모른다.

#27
# 토닥토닥

울고 싶을 때
원 없이 목 놓아 펑펑 울고 나면
어렵고 답답한 마음이 돌아왔다.

스스로 할 수 있는
위로가 많아질 때
비로소 혼자도 괜찮아진 거다.

# 보트를 내리며

일이 틀어지거나
사람과 사람이 헤어지면 우리는 보통 묻지, 왜 그랬냐고.

그런데 돌이켜 생각해보면 뭔가 크게 어긋났을 땐
한 가지 이유가 아닌 경우가 대부분이었던 것 같아.

세상엔 한마디로 딱 잘라 말할 수 없는 것들도 너무 많잖아.
종종 어디서부터 설명해야 할지 막막할 때가 있더라고.

이제 사람들에게 굳이 '왜'를 묻지 않으려고 해.
더 이상 그 이유가 의미 없거나 중요하지 않을 수도 있으니까.
오히려 다시 한번 좋지 않은 기억들만 편집해 상기시키는 걸 수도 있으니까.
'왜'에는 어쩔 수 없이 좋은 기억들은 빠져 있거든.

#29
## 아픈 후에

그곳을,
그 시간을 꺼냈다.

더 이상
아리지 않았다.

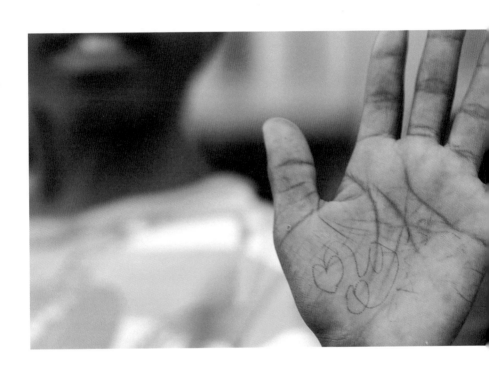

#30
## 인연

각자 서로
혼자서도 충분할 때
건강하고 반듯한 둘이 됐다.

# 31

# 아무것도 아닌

찍어두기만 하고 꺼내보지 못한 폴더가 하나 있었다.

2014년 10월, 어느 화창했던 날의 '마지막' 폴더.

그해 네팔에 머물며 화장터에서 죽음을 맞는 사람들을 보았다. 남은 가족들은 죽은 사람의 몸을 냇가에서 씻기고 곱게 수의를 입힌 후 불에 태웠다. 사람들은 몇십 개의 화로 앞에서 순서대로 담담하게 죽은 자의 몸을 태웠다. 이곳에 온 우리 모두의 몸은 물건과 다를 바 없었다. 올라오는 대로 무심하게 나무 타듯 순식간에 불이 붙었다. 태우는 모습을 막상 마주하는 일은 생각보다 어렵고 힘들었다. 가죽만 남은 불 위의 사람은 더 이상 아무것도 아니었다.

한 사람은 짧은 시간에 한 줌의 재가 되었다.
자욱한 연기 속 향은 구토가 나올 정도로 역했다.

그날 하루 종일 쪼그리고 앉아 여러 명의 마지막을 보았다.
숙소로 돌아와 며칠 동안 잠을 이루지 못했다. 숱한 감정들이 들이쳤다.

크게 생각했던 한 인간의 삶이 너무 빨리, 초라하게 마무리됐다.
그곳에서 인간은 모두 한 시간짜리였다. 너나 할 것 없었다.

아직도 화장터의 부산스럽던 모습이 먹먹하게 남아 있다.

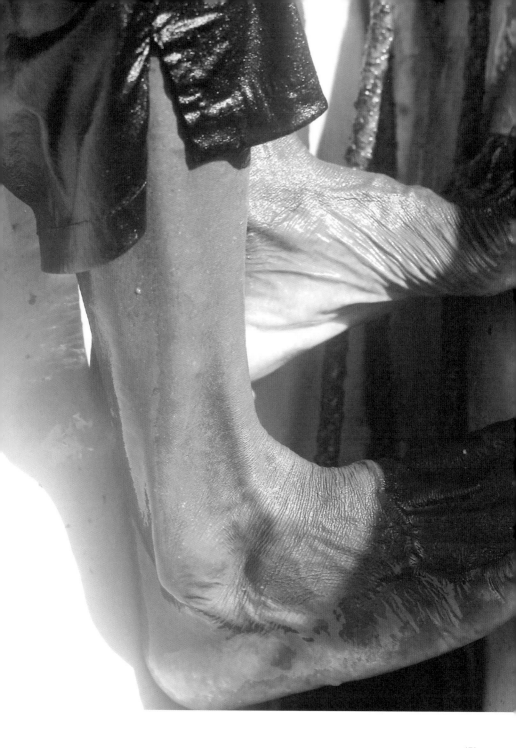

#32
인생수업

글 작업을 놓지 않는 이유는 나와의 씨름 같기 때문이다.

힘겹게 버티는 씨름이 아니라 묵묵히 받아들이는 씨름.

잘 써지는 날도 있고
안 써지는 날도 있지만, 그래도 붙잡고 있다.

지난한 씨름 뒤에 오는 고요한 달달함이 있다.

171

# 3부
## 그래도 언제나

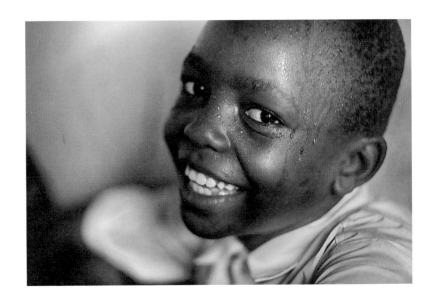

# #1
# 파리에서

비행기에서 내리자마자 손바닥만 한 지도책을 구했다.

스마트폰 와이파이를 차단했다. 책을 5권이나 챙겨갔다.

지하철도 버스도 타지 않았다. 종이지도와 펜 하나만 챙겨 주변 동네를
걸어보기로 했다.

길을 잃으면 사람들에게 물어물어 찾아갔고 돌아가는 길에 선물처럼 특별한
장소를 만나면 그곳에서 시간을 보내다 돌아왔다.

종종 스마트폰 공해 없는 세상은 자유롭다.

일찍 일어나 하루에 3~4시간 이상 걸었다.

이틀 만에 마음에 쏙 드는 일식집을 찾았다.
열흘 중 엿새를 이곳에서 점심을 먹었다.

걷다 보니 마음을 끄는 동네도 생겼다.
작은 로컬 갤러리와 카페가 많은 아기자기한 동네였다.
비 오는 날에는 읽고 싶은 책을 챙겨 그 동네 카페로 갔다.
가끔 비 오는 창밖을 바라보는 것만으로도 마음이 소담해졌다.

매일 지나치던 꽃가게에 들러 주황색 꽃을 사 방에 두었다.
마주칠 때마다 기분이 화사해졌다.

추운 날에는 미술관에서 시간을 보냈다.
마음에 드는 그림 앞에 앉아 눈과 마음 호사를 실컷 하다 나왔다.
하루는 호텔 침대에서 꼼짝 않고 영화를 보며 늘어지게 쉬었다.

무엇에도 쫓기지 않는 일상 같은 머묾.
동네 운치 있는 카페와 갤러리나 미술관, 로컬 숍과 옷가게, 작은 서점,
입에 맞는 레스토랑 몇 개면 충분하다.

사진은 열 장도 채 찍지 않았다.

그곳 사람들 사이에 뒤섞여 흐르듯 지내다 오는 것, 내일 다시 올 사람처럼
가볍게 떠나오는 것, 그 안에 소소한 일상의 마주침이 여행이다.

# 2

## 의식

머릿속이 단정해지고 싶을 때
머리를 자른다.

잘려나가는 머리카락을 보며 생각을 정돈하는 습관.

보이지도, 잡히지도 않는 생각을
눈으로 가위를 쫓으며 헤어질 머리카락에 담는다.

오늘 벼르던 머리를 잘랐다.

#3
보통은

애태우다가 잊고 있을 때
불쑥 내 옆에 와 있더라.

# 좋은날

매일
조금 더 웃을 수 있는 삶.

좋아하는 일을 하며
마음을 나눌 수 있는 따뜻한 사람들과 함께.

# #5
## 이제는

같은 마음이어도
모두 다르다.

알아온 시간이 깊어지며
건강한 충돌이 만들어주는
귀한 선물이 있다.

한 발짝 뒤로 물러서주는 것.

#6
몰랐던
사실

둘도 외로울 수 있고 혼자도 외롭지 않을 수 있더라.

외로움은
마음이 오롯이 혼자 설 수 없을 때 오는 거였더라고.

혼자냐 둘이냐가 아니라.

# 7

# 명상

한밤 뜨거운 샤워를 즐긴다.
매일 하던 샤워를 이틀에 한 번으로 줄였다.
하루를 아꼈을 때 개운함이 배가되는 특별한 기분이 좋아서.

바깥세상과 단절된 지극히 사적인 공간 속에서
흐르는 물에 눈을 감는 순간 모든 전원이 꺼진다.

30~40분씩 만나는 무의식의 세계, 안온한 시간.
뜨거운 휴식 후에만 느낄 수 있는 신선한 공기의 야릇한 명쾌함이 있다.

# #8
# 고요하게

아프리카는 가을이다.
마음도 온통 주황.

하늘이 그렇고
나무가 그렇고
체온이 그렇다.

어제도
오늘도
내일도 매일매일 가을.

깊게, 진하게 가을.

그래서 또 가고 또 갔는지 모른다.

#9
## 그리웠던

에티오피아는 4년을 아껴둔 곳이었다.

두 번째, 그렇게 꽁꽁 묻어뒀던 걸 풀어냈다.

어쩌면
스스로 설레는 걸 보는 일이 반가운 건지 몰라.

거울 속에 환하게 웃고 있는 모습은
누구나 반짝이고 아름답잖아.

#10
좋아할 때

# #13
# 사랑할 때

입술에 칠한 사랑.
눈에 묻힌 마음.

서로의 세상에 한 발 한 발 촘촘히 다가설 수 있다면.

#

14

# 저
# 마
# 다

하나둘 나만의 답이 늘어갈수록
흔들리지 않고 갈 온전한 내가 생긴다.

답은 여러 개.

# #15
# 우리 사이

내내 가볍지 않기를
내내 넘치지 않기를
내내 어긋나지 않기를
내내 아프지 않기를

그렇게
소복소복 쌓여가기를.

# 16

# 나도 모르게

색이 주는 즐거움이 있다.

화사한 마음을 따라가는 길.

# #17
# 헤이리
# 오픈 작업실

"여기 오면 마음이 편안해져요."
"아무도 몰랐으면 좋겠어요, 이 공간은."
"시간이 멈춘 곳 같아요."
"제가 별 얘길 다 했네요."
"잘 쉬고 갑니다."

헤이리 오픈 작업실에 오던 사람들이 한 이야기다.

그 속내는 모두 '쉼'이었다.
제멋대로 대충 놓인 소품과 집에서 사용하던 가구 몇 개,
평소 즐겨 듣던 음악과 거칠게 손수 볶아낸 커피 향이 고작이었지만
사람들은 세상 생각을 멈추고 쉬어 갔다. 불쑥 깊은 이야기를 정신없이
털어내기도 했다.

그렇게 4년을 함께했다.

# #18
# 그러니까

시간이 한참 지난 후에야 알게 되는 것들이 있다.

설명이 없어 오해했던 것들.
무심하게 보여 속상했던 것들.
속내를 읽을 수가 없어 답답했던 것들.

보이지 않았던 것들이 한꺼번에 보이는 시간이 온다.
그렇게 긴 시간을 부딪치고 보내야만 알 수 있는 것들도 있다.

# #19
# 얼마든지


미국에서 대학을 다닐 때 일이다.
디자인 수업시간이었다.

에릭은 알록달록한 색을 입힌 옷장을 열고 그 안의 물건들을 하나씩 꺼내 거
기에 담긴 이야기를 하나씩 풀어냈다. 낡은 가죽가방에는 해마다 아버지와
바닷가로 단둘이 떠난 1박2일 캠핑 추억이 담겨 있었다. 잔디를 깎는 법도,
집 안팎을 수리하는 법도 아버지에게 배웠다. 돌아가신 아버지가 즐겨 들던
가방은 그의 곁을 지키고 있었다. 남색 목도리는 첫 여자 친구가 마음을 고백
하며 그에게 줬던 선물이었다. 아직도 가끔 그녀 생각이 난다. 예닐곱 점의
그림과 일기장엔 또 다른 이야기들이 담겨 있었다.

'옷장 속 물건' 들은 에릭이 지나온 면면의 페이지였고 낑낑대며 들고 나온
옷장은 책표지였다. 에릭은 이 책을 구상하고 일주일 동안 온갖 쓰레기장을
뒤져 버려진 나무들로 옷장을 짰고 그 위에 표지 디자인을, 그 안에 자신의
이야기가 담긴 물건들로 페이지를 완성했다. 물건들 곳곳엔 그만의 디자인
을 입혔다.

책이라고 꼭 책 모양을 할 필요는 없었다.

# 20

# 영화

마음을 붙드는 영화일수록 엔딩 크레딧이 올라가고 사람들이
모두 빠져나갈 때까지 일어서지 못했다.
짙은 여운이나 먹먹함을 조금 더 이어가고 싶은 마음이 컸다.
촬영한 소소한 장소들을 새겨뒀다가 훌쩍 다녀오기도 했다.


깊이 마음에 둔 영화는

스스로 조금 자랐다고 생각되는 날

다시 보기를 한다.

미처 보이지 않았던 것들, 미처 듣지 못했던 것들, 미처 알아차리지 못했던
것들이 보인다.

#21
방황 후

꼭 어딘가로 떠나야만
누군가에게 쏟아내야만
마음이 가라앉았을 때도 있었다.

억지로 밀쳐내지 않아도, 멀리 도망가지 않아도
같은 자리에서 마음을 지킬 수 있는 것들이 새록새록 늘어났다.

# 천국의 소리

주전자에서 물 끓는 소리
사각거리는 연필 소리
카메라 셔터 소리
나무 장작 타는 소리
풀벌레 우는 소리
떨어지는 빗소리
수북이 쌓인 눈 밟는 소리

흐트러지거나 소란한 마음을 가라앉히고 싶을 때
깨끗한 소리에 오롯이 귀를 내주면 됐다.

#23

학교

어릴 적 학교는 나에게 어떤 곳이었을까.
꿈을 키워주는 곳이었나.

노래를 하고 싶었다.
학창시절 내내 학교에서 노래를 잘하는 학생이었다.
잘하니까 재미있었고 노래 부르는 시간이 즐거웠다.

시간 가는 줄 모르고 하루에 몇 시간씩 피아노를 치며 노래를 불렀다.
매일 노래만 부르면 행복할 것 같았다. 노래하는 사람이 되고 싶었다.
학년이 올라갈수록 어른들은 내가 노래하는 시간을 별로 좋아하지 않았다.
노래를 줄여야 했다. 어른들의 꿈에 맞춰보려고 애를 썼다.

탄자니아 작은 마을 한 학교에서 꿈꾸는 나무를 보았다.
저 나무 아래서 꿈을 꾸면 이루어질 것 같은 초록 아름드리.
'Dreaming tree' 라고 혼자 이름을 지었다.
아이들이 뛰어놀다 쉬어 가기도 하고 나무 주변을 뛰놀기도 했다.
아이들도 나무도 예뻤다.

마음껏 꿈꾸며 각자의 나무를 자유롭게 만들어가기를
어른들의 꿈 뒤에 바보처럼 숨지 말기를.

## #24
# 다정하게


성을 빼고
이름 두 글자를 불러주는 목소리가 좋다.

이름 속에 든 그 사람이 있다.
그 안에 든 온기가 있다.

또박또박 정성껏 이름을 부르며 사람을 새긴다.

#25
# 비와 롯지


롯지의 운치는 비 내리는 새벽이었다.

파릇한 초록과 부딪히는
싱그러운 소리가 마음을 안아준다.

내려간 바깥 기온만큼
가슴속 포근함은 올라갔다.

빗소리가 커질수록
튼튼한 마음들이 우수수 떨어졌다.

반가운 비.

# 26

# 담백하게

"그냥 생각나서."

"그냥, 너니까."

어릴 땐 '그냥' 이 적당히 둘러댈 때 대충 얼버무리며 쓰는 말인 줄 알았다.

마음이 조금 크고 보니 그보다 진솔한 말이 없다.

#27
## 습관

잠깐이라도
잊지 않고 마음을 챙기는 의식.

가장 고요한 곳에서
커피를 마주하는 순간.

첫 모금의 긴 여운.

# 안정


생각할 자리와 느낄 공간을 찾는다.


말도 글도 사진도 사람도
들어갈 여지가 보일 때 편안하다.

# 다행스럽게도

안 좋은 기억은 금세 잊었다.

일상에 나쁜 기운을 술 만한 일들은 하루 이틀을 넘기질 못했다.
큰일도 품고 있는 시간이 짧았다.

생각이나 감정 안에 든 부정의 요소를 잘 끄집어냈고 제법 잘 비워냈다.

# 변화

어떤 부분은 털털했고 어떤 부분은 예민했다.

자라온 환경의 영향도 컸다. 아버지는 지금도 먼지 한 톨, 떨어진 머리카락
한 가닥을 용납하지 못한다.
여행지에서는 숙소가 무엇보다 중요했다. 깔끔하지 않으면 잠을 이루지 못했다.
잠자리와 화장실, 부엌 청결에 유독 예민했다.

사회생활을 하고 다양한 사람들을 만나며 몇몇 부분에 도드라지게 민감한
나를 보았다. 바꿀 수 있다면 바꾸고 싶었다. 히말라야 롯지와 몇몇 여행지 숙소,
화장실을 경험하며 자연스럽게 바꿔갈 수 있었다.

부딪치고 애쓰니 변했다.

## #31
# 엎치락뒤치락

파도를 탄다.

파도에 밀려 엎어지기도
흐르듯 잘 타기도 한다.

높이 날아오를 때 드는 쾌감이 있다.

큰 파도가 한 차례 지나가자
작은 파도가 왔다.

파도는 한동안 잔잔하게 오간다.

곧 고요해졌다.

#32
# 그마저도


"상식적으로 생각해도 이게 맞지 않아?"
화가 치밀어 올라 얼마나 열변을 토했는지 모른다.
한참을 가만히 듣던 친구가 말했다.
"대체 그건 누구의 상식인데? 그 기준이 뭐야?"
곰곰이 생각해보니 그 친구 말이 맞았다.
상식마저도 저마다 다른 것이었다.

상식의 사전적 의미를 찾아보면 '일반 사람으로서 가져야 할
일반적인 지식과 이해력, 판단력'이라고 나온다.
'일반적인'의 기준이 일상에서 모호할 수밖에 없다. 나는 내 상식을
말했을 것이고 그는 그의 상식에 맞춰 행동하고 말했을 것이다.

그날 이후 더는 상식이라는 말을 입에 올리지 않았다.

#33
# 두근두근


설렘이라는 단어가 주는 묘한 콩닥거림이 있다.

무언가 잦아지면 익숙해지고
더 이상 설레지 않는 순간이 자연스레 온다.

## 편안함.

그게 반갑기도
반갑지 않기도 하다.

# #34
# 욕심

사진을 찍으며 욕심을 버리게 됐다.

전시나 연재, 출판을 할 때 사진을 추려야 한다. 수천 장의 사진 가운데
몇 장을 고르는 일은 쉽지 않다. 처음에는 과감하게 버리지 못해
우물쭈물하거나 꾸역꾸역 집어넣었다. 찍을 때도 그랬다.
많이 담고 싶은 욕심이 앞설 때가 있었다.

어느새 담을 것만 담고 뺄 사진은 뺄 수 있게 됐다.

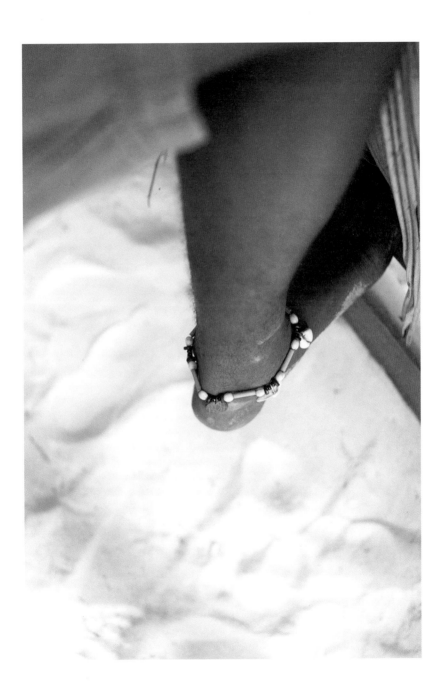

#35
# 어머니

"네가 내 딸인 게 참 좋아.
내가 살아보지 못한 삶을 살고 있으니까."

새벽에 잠 못 들고 보낸 문자, 엄마만이 할 수 있는 뜨거운 응원이었다.

# 36

# 한 번

작업 공간에는
맑은 날 같은 시간에 볕이 짙게 한 번 들고 떠난다.


단 한 번이
깊게 쓸고 가는 화려한 뒷모습이 있다.

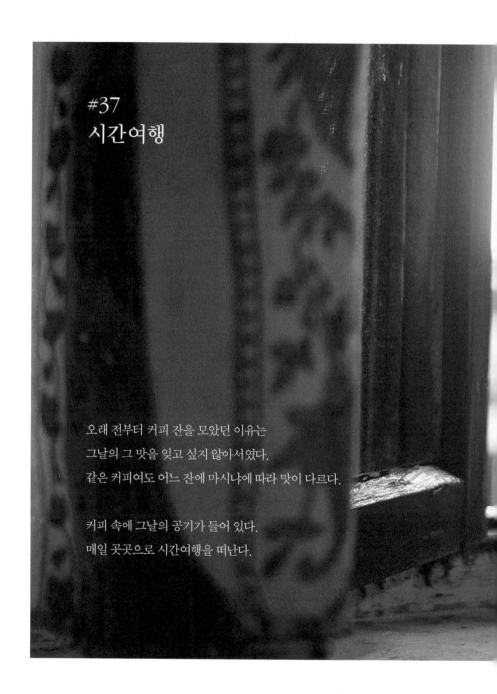

# #37
# 시간여행

오래 전부터 커피 잔을 모았던 이유는
그날의 그 맛을 잊고 싶지 않아서였다.
같은 커피여도 어느 잔에 마시냐에 따라 맛이 다르다.

커피 속에 그날의 공기가 들어 있다.
매일 곳곳으로 시간여행을 떠난다.

#38
# 청량하게


미지근한 물을 자주 챙겨 마신다.
모르는 사이 몸 안에 쌓여 있을 불순물들이 빠져나가는 느낌이 좋다.

들이키는 만큼씩
정갈해지는 기분.

몸이 가벼워지면
머리도 마음도 맑아졌다.

몸과 마음에 새 자리를 만들어 두는 일.

# 39

# 여행지에서

처음 해
처음 아침
처음 별

낯선 곳에서
첫 머무름의 시작.

하나하나에 의미를 새기며 맞는 '처음'의 고요한 감흥.

#40
# 사진 한 장

어떤 말보다
어떤 글보다 깊게 마음을 파고드는 사진 한 장이 있다.

# #41
# 리드

"나는 레이스가 달린 팬티는 입지 않는다"  정이현 〈낭만적 사랑과 사회〉

"나는 내 아버지의 사형집행인이었다"  정유정 〈7년의 밤〉

"그에게서는 언제나 비누 냄새가 났다"  강신재 〈젊은 느티나무〉

소설 속에도 눈을 끄는 첫 문장들이 있다.
그 문장들은 이야기를 궁금하게 만드는 힘을 가지고 있다.

기사의 첫 문장, 리드.
취재 기자로 일 할 때 기사 첫 줄이 늘 화두였다.
글을 완독할지 말지는 첫 문장에서 결정되는 경우가 많았다.

지금도
긴 글을 써야 할 땐
첫 문장으로 끙끙거리곤 한다.

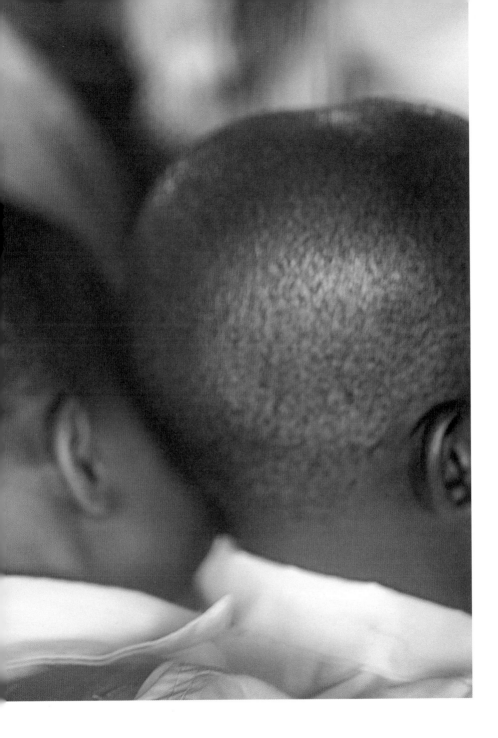

# 42

# 국어사전

시간적으로 여유롭게 글을 쓸 수 있을 땐 두꺼운 국어사전을 옆에 둔다.

얇은 종잇장 넘기는 소리에 담긴 꿈틀거리는 설렘이 있고
존재만으로도 배부른 느낌이 있다.

주황빛깔 색연필로 단어에 밑줄을 긋는 순간
온전히 내 것으로 흡수되는 것 같은 기분 좋은 착각.

# 좋아하는 음식

감정이 밝아지게 하고 싶을 땐
무조건 초밥을 먹는다.

초밥 하나를 음미한 후 초생강 듬뿍 한 번.
아삭한 생강으로 입 안의 향을 깨끗이 씻어내는 기분은 소리만큼 상쾌하다.

기분을 맑아지게 해주는
음식 한두 가지쯤 가지고 있는 건 꽤나 행복한 일.

# #44
# 선택

어릴 땐 공항을 별로 좋아하지 않았다.
누군가에게 공항은 어디론가 떠나는 들뜨는 공간이지만 내게 공항은
늘 누군가와 헤어지는 어려운 공간이었다.

유학과 취업으로 미국에 10년을 머무는 동안 친구, 동료, 선배, 후배란
이름으로 많은 사람들과 인연을 맺었고 그들은 각자 떠날 시기가 오면
준비된 사람들처럼 미련 없이 자리를 떠났다. 고국과 타국에서의 삶을
선택하는 일, 나 또한 예외는 아니었다.

유학생 신분이라는 자리와 유학생 출신의 취업으로 언제든 떠날 수 있는
마음을 갖고 살아야 했다.

# 45

# 자연스럽게

뭐든 잘해야겠다고 힘을 주는 순간
틀어지거나 나동그라졌다.

부담일수도 있겠고
욕심일수도 있겠고
과한 열정과 생각에 치인 현실일 수도 있겠다.

자연스러울 때,
그냥 그 자리에서 가장 나다울 때 튕겨나가지 않고 그럭저럭 흘러갔다.

그러다 보면 잘 해내는 순간도 왔다.

# #46
# 그 사이에서

솜사탕처럼 폭신하게
실크처럼 부드럽게.

떨리는 마음과 마음.

# 세상 밖에서

마다가스카르 모론다바의 몽롱했던 바다를 잊을 수 없다.

새벽에 그녀와 길을 나섰다.
어제까지 보이던 바다가 보이지 않았다.

모래와 바다, 하늘이 하나 돼 온통 푸르게 피어오르는 몽환적인 세상을 만났다.
얕은 파도소리와 보드라운 모래 감촉, 몽실몽실 꿈속 같은 푸른 세상에 갇히자
환호성이 터져 나왔다. 끝이 보이지 않는 곳을 소리 지르며 달리자 어디론가
빨려 들어갈 것만 같았다. 앞서 뛰어가던 그녀의 뒷모습도 금세 사라졌다.

바다인지
모래인지
하늘인지
공기인지 가늠할 수 없었다.
경계가 허물어진 고고한 세상. 영혼이 뛰놀 수 있던 곳.

우린 그날 분명 우주 밖이나 천국, 폭신한 하늘나라 옆 어디 즈음에 잠시
머물다 온 것이다.

# 다짐


아직 못 하고 있는 게 하나 있다.
규칙적인 운동.

운동을 놓은 적은 없지만
꾸준히 규칙적으로 하고 있지도 못하다.

계절을 탓하거나
시간을 탓하거나
장소를 탓하거나
아무도 묻지 않는 데 늘 혼자 핑계를 대고 있었다.

#49
# 단념


노력해도
안 되는 것도 있다.

그 자리에서 최선을 다하지만
애써도 안 되는 건 빨리 놓는 편이다.

스스로의 촉과 감을 믿는다.

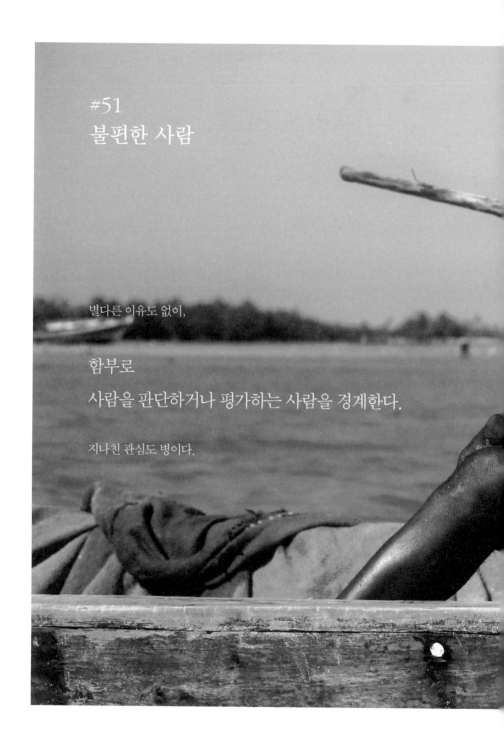

#51
불편한 사람

별다른 이유도 없이,

함부로

사람을 판단하거나 평가하는 사람을 경계한다.

지나친 관심도 병이다.

# #52
## 설명하기 힘든

히말라야나 다나킬 같은 극한의 체험을 때때로 해보는 이유는
어느 만큼까지 견뎌낼 수 있는지 스스로를 날 것에 던져보고 싶은
마음 때문이다.

해냈을 때의 성취감도 있지만 그보다는 그 과정에서 얻어지는
뭉클한 감동 같은 것이 있다.
까맣게 잊고 지낸 것들을 한 번쯤 돌아보며 깨달아지는
커다란 그 무엇이 있다.

후회와 미련, 원망과 자책보다 배움과 지혜, 기대와 희망이 컸다.

<br />

\#
53

단
출
하
게

물욕이 꽤 있었다.

과소비를 한 건 아니지만 물건 하나하나에 의미를 뒀고 오랜 시간 그렇게
지내다 보니 많아졌다.

단출해지고 싶은 마음이 든 건 몇 년 전부터다.
떠나고 돌아오기를 반복하는 시간을 많이 갖는 동안 문득 많은 것들을
줄이고 싶어졌다.

지니고 있는 것, 일상을 함께하는 것,
소유에 대해 지난 시간과 다른 시각이 생겼다.

오픈 작업실을 통해 4년간 벼룩시장을 했고 꼭 필요한 것들을 제외하고
아주 사적인 물건들과 입었던 옷을 판매했다.

처음에는 추억과 오랜 이야기가 입혀진 물건들과 헤어지는 것이 힘들기도
했지만 곧 익숙해졌고 공간에 여백이 늘수록 마음 공간도 늘어나는 것 같았다.
작은 소비들도 자연스레 줄었다.

빈자리가 늘수록 마음이 가벼워졌다.
여유로운 자리는 건강한 생각이 들어올 자리였다.

#54
예술

예술은
읽는 게 아니라 느끼는 것 아닐까.
각자 마음이 닿은 곳에 편히 머물다 오는 것.

굳이 해석이나 설명이 필요하지 않을 때도 많다.

# 55

# 식단

채식을 늘리며
초록의 다양한 맛을 알게 됐다.

살아 숨 쉬는 싱그러운 잎들의 아삭거리는 식감은
아침마다 생기를 준다.

두껍고 진하게 덮인 양념들이 없으니
미각이 섬세하게 살아났다.

몸 안에 많이 들어도
더부룩한 불쾌감 없이 편안하기만 하다.

# #56

# 20대 중반 어느 여정

"우리 그냥 떠날까?"
"어디로?"
"일단 LA까지?"
"좋다"

3,200 킬로미터를 우린 그렇게 떠났다.

다 놓아버리고 무작정 떠나고 싶었다. 나도 그녀 때문에, 그녀도 나 때문에 더 쉽게 그렇게 할 수 있었다. 우린 열병을 앓고 있었다. 6년간 새로운 길에 대한 열망이 컸다면 그땐 몸과 마음이 지쳐 쉬고 싶었다. 마음 맞는 그녀와 그냥 벗어나보자고 했다. 억지로라도 즐겁고 싶었는지 모른다.

끝이 보이지 않는 길을 무작정 달렸다. 창문을 끝까지 내려 얼굴을 들이대고 억센 바람을 맞았다. 그녀가 엑셀을 세게 누를 때마다 얼굴 전체를 거침없이 가로지르는 바람 때문에 가슴이 터질 것 같았다. 그 길에서 들은 소리라곤 라디오에서 흘러나오는, 바람소리에 반쯤 묻힌 노랫소리뿐이었다. 크게 소리를 지르니 몸속 깊숙이까지 바람이 타고 들어가 시원했다. 내 흥을 이어 그녀도 소리를 질렀다. 후련했다.

시카고를 벗어나자 가슴이 서서히 뚫리는 것 같았다. 도착지만 정해두고 끌리는 대로 가보자고 했다. 아무런 계획도, 정보도 없었다. 지루한 시골길을 달리며 여백의 시간을 흘러보냈다. 볼거리가 없으니 이따금 이런저런 생각이 스쳤다. 우린 같이 있었지만 서로의 침묵을 존중해줬다.

4일이 지났다.
병풍처럼 둘러싼 벽돌 빛 산이 도로 밖을 온통 에워싸고 있었다. 캔자스와 덴버를 지나 콜로라도에 들어서는 길목이었다. 탄성이 새어나왔다. 그녀와 나는 눈을 마주치고 차를 세웠다. 4일 만에 우린 처음으로 흥분했다. 떠나기가 아쉬워 얼른 카메라를 꺼내 풍경을 몇 장 찍었지만 실제에 미치지 못해 지워버렸다. 찍어낼 시간에 머리와 가슴에 채워두기로 했다.

몇 시간을 더 달리다 보니 사막이 나왔다. 고운 모래가 날리는 사막이 아니라 거친 불모지 같았다. 사방은 온통 흙빛의 거친 땅으로 순식간에 둘러쌓여 가도 가도 끝이 없었다. 푯말을 보니 콜로라도 사막과 유타주에 걸쳐 있는 모하비 사막이란다. 우린 다시 입을 쩍 벌리고 눈을 마주쳤다. 사람도, 건물도 없었다. 사막의 메마름과 35도를 웃도는 뜨거움, 그것을 무심히 내려다보는 하늘과 우리 둘이 전부였다.

유령 도시 같은 곳에서 겨우 주유소를 찾아 차를 세웠다.
뜨겁고 건조한 바람이 거칠게도 불었다. 원피스 자락과 긴 머리칼이 제멋대로 바람을 탔다. 황량한 곳에 흐르는 적막. 기름 들어가는 소리가 유독 크게 들렸다.

6일째, 다시 길 위에 올랐다.
이 나라는 정말 광활하다. 끝도 한도 없어 보였다.

깎인 절벽과 암벽, 거대한 산맥이 내 시야를 가렸다. 눈을 압도한 장엄한 기운에 숨이 멎을 것 같았다. 로키 산맥은 대륙 한복판에 겁도 없이 펼쳐져 끝나지 않을 그림 같았다. 그 속에 묻혀 감흥을 놓치지 않고 새겼다. 유타주에서 하룻밤을 묵기로 했다.

전날 푹 쉰 덕에 밤까지 달려보기로 했다. 어둠은 눈을 쉴 수 있게 해주는 대신 밀어뒀던 생각들을 다시 꺼내주었다. 음악을 틀고 볼륨을 높이니 생각이 멈췄다.

깜깜한 밤길에 끝없이 뻗은 도로를 달리다 보니 살아가야 할 긴 여정처럼 느껴졌다. 초록색 표지판에 적힌 흰색 두 자리 숫자가 라스베이거스와 가까워지고 있다고 알려주었다. 1시간쯤 더 달렸다. 암흑 속에 희미한 불빛이 보였다. 졸고 있던 그녀가 깼다.

가늠하기 힘든 빛이었다.
옅은 언덕을 넘자마자 그 빛은 수만 배가 되어 넓게 퍼져 있었다.

라스베이거스였다.

언덕 뒤에 숨어 반짝거리던 세상, 그 찬란한 빛을 오래 기억하기로 했다.

# 57

# 인생

바로 옆에
아름다운 것, 사랑해야 할 것들이 아직 많이 남아있다.

#58
끝사랑

반짝거릴 때도, 흔들릴 때도, 아플 때도.

# 4부
## 사람,
## 그리고 사람 Guerrilla Interview


## 나만의 그 곳


사람들은 힘들거나 지칠 때 기분을 전환하는 스스로만의 무엇이 있을까. 그럴 때 찾는 나만의 공간이나 비밀 장소, 또는 행위가 있을지 궁금했다. 게릴라로 묻고 그 의미와 이야기를 들었다.

# 30대 여자
# 우즈베키스탄

"아무 곳이나 깨끗한 곳이요. 저는 주로 집일 경우가 많아요."
기도 때문이었다. 그는 하루에 다섯 번 기도를 한다.
어디든 상관없지만 가장 깨끗한 곳을 찾는다.

"마음이 정화되고 새롭게 태어나는 기분, 깨끗해진 느낌이죠. 화를 내려놓게
해주고요."
하루 중 3시간에 한 번씩이니 쌓일 시간이 없다.
일상에서 소소하게 힘든 일들은 금방 털고 나가게 해준다.
무슨 상황이든 어쩔 수 없어서가 아니라 당연하게 받아들이고 기도드리면
몸과 마음이 편안해진다.

"완성돼 가는 느낌이랄까요? 마음이 정돈되는 것 같아요."

# 30대 남자
# 에티오피아

"사람들 간의 다툼, 분쟁이 있을 때 스트레스를 많이 받고 마음이 힘든 것 같아요." 그는 그럴 때마다 밖으로 나간다.

동네 아이들, 까르르 웃는 아이들을 보고만 있어도 어느새 흐뭇한 미소가 지어진다. 천진한 아이들은 작은 것에 즐겁다. 매 순간이 웃음투성이다. 걱정도 없어 보인다. 그 모습을 멀리서 바라본다.

"뛰놀며 놀이에 흠뻑 빠져 있는 아이들을 바라만 봐도 기분이 좋아져요. 밝고 맑잖아요. 한참을 보고 있으면 마음도 편안해지고요."
그렇게 웃고 잇는다.

"아이들이 저를 휴식할 수 있게 해주네요. 마음의 긴장을 풀고 안심할 수 있게요."

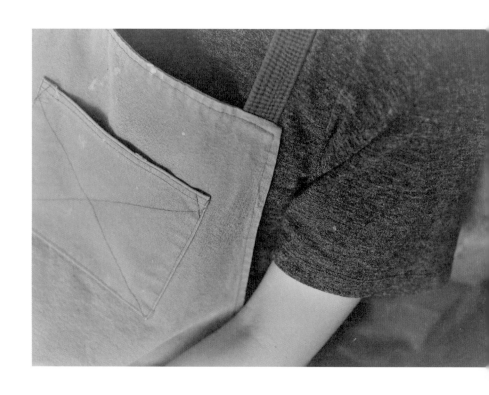

# 40대 여자
## 한국

작은 강을 무의식중에 찾아다녔다.
불빛이 비치는 강 앞에서 위로받는 자신을 보았다.
한 달이면 보통 다섯 번씩 마주하는 강, 벌써 15년째다.
요즘도 퇴근길에 들러 오롯이 혼자만의 시간을 보낸다.

"비 오는 날이 더 좋아요. 혼자 가서 주차하고 차 안에서 음악을 들어요.
떨어지는 빗소리와 유리에 그려지는 빗방울을 보면 마음이 잔잔해지죠."

특히 사람들을 많이 상대한 날, 정서적 공복이 절실해진다. 집에 가면 가족들과
해야 할 일들이 기다리고 있다. 그 사이, 강에 들러 마음을 달랜다.

"어릴 때 울산에서 자랐는데 그때부터 시작이었어요. 바다는 나를 집어삼킬 것
같이 무서웠는데 강은 마음에 평화를 줬어요."
싱글일 때는 혼자 몇 시간씩 강 앞에 차를 주차하고 음악을 듣기도,
영화를 보기도 했다. 지금은 보통 10~20분, 길어야 30분이다.

"강이 저를 안아주는 느낌이에요.
늘 따뜻하게 맞아주는 휴식처, 아무도 모르는 저만의 공간이지요."

## 20대 남자
# 브라질


"커피를 마시면 기분이 좋아져요."
그에게 커피는 음료 이상이다. 마음을 차분하게 가라앉혀주고 평온과 진정을 준다.

몸과 마음이 피로할 때 그는 카페로 간다. 자주 가는 아지트도 있지만 평소에
검색으로 찾아둔 카페들을 찾아가 음악과 커피를 마신다.

"저에게는 그 시간이 진정한 휴식이에요. 웅크려졌거나 불편했던 컨디션이
카페에서 시간을 보내면 편안해져요."

향도 있지만 맛도 있다.

그는 스스로가 컨트롤할 수 없는 영역의 일이 있거나 타인의 결정을 기다려야 할 때
스트레스를 가장 많이 받는다.

"커피를 마시면 긴장됐던 근육이 풀어지는 느낌이 들어요. 뇌도 마음도 몸도요.
그러면서 정리가 되는 느낌이라고 할까요?"

매일 한 잔을 진하고 깊게, 점심식사 후에 마신다.

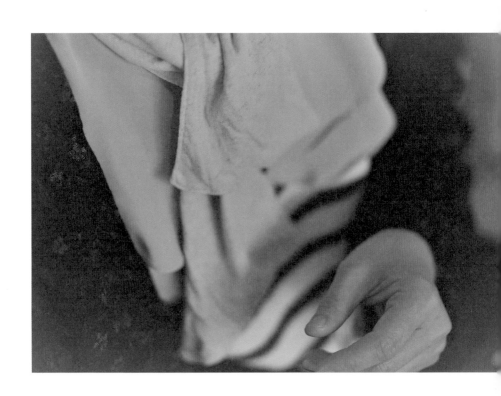

# 50대 여자
# 한국

"빈 시간을 만들어요. 그때마다 가게 되는 작은 예술극장이 있어요."

물리적으로는 빈 시간이지만 마음은 꽉 채워지는 시간이다.
무언가를 준비해야 할 때 도움닫기처럼 현실 속의 것들을 없애는 시간을 만든다.
집에서 극장까지 가는 길도, 영화가 끝나고 혼자 걷는 시간도 그렇다.
그러다가 마음이 닿는 곳에 흐르듯 들어가 시간을 보내기도 한다.

"아무 생각이 없어지는 상태가 필요해요. 생각을 하기 위해 생각을 없애는 시간요."

직면해야 하는 일들이 있는 데 직면하고 싶지 않을 때 어느새 와 있는 곳은 주로
이 극장이었다. 요즘은 SNS로 풀어가는 사람들도 많지만 그는 이 방식이 편했다.

오늘은 사진도 덤이었다.
영화가 끝나고 무심코 들어간 공간에 전시된 작품에서 울컥함을 느꼈다.
빈 머리와 마음에 낯설거나 색다른 것들이 입혀지면 웅크리고 있던 본능이나 감각이
꿈틀거릴 때가 있다. 기대치 않은 것들에서 오는 새로움에 잠시 묻혔다가 일상으로
돌아간다.

"이런 시간이 앞으로 더 많아졌으면 좋겠어요." 가야 할 시간이라며 일어서던 그는
'빈 시간'에 들어와 줘 고맙다는 인사도 잊지 않았다.

# 20대 남자
## 탄자니아

어디든 상관없다고 했다. 그는 매일 짬짬이 여행을 한다.
"오늘은 눈이 오는 곳을 다녀왔어요. 사진 보여드릴까요?"
아이슬란드였다. 잠깐의 여유, 시간만 있으면 당장이라도 다녀올 수 있다고 했다.
그는 스마트폰을 통해 하루에도 수십 곳을 여행한다. 업데이트가 되면 알람이
울리도록 지정해 둔 SNS 속 사진들은 주로 세계 곳곳, 아름다운 여행지다.

"그냥 보기만 해도 기분이 좋아지는 이미지들이 있어요. 일 때문에 여행가기는
힘드니까 이렇게 저만의 방식으로 사진 속 여행을 즐겨요."

가깝게 지내던 직장 동료가 1년 전 하늘나라로 떠났다. 갑작스러운 또래 친구의
죽음이 충격적이었고 마음이 힘들었다.

SNS는 그의 마음을 편안하게 달래주는 유일한 공간이자 놀이터다. 알람이 울리면
궁금하다. 하루에 수차례 기분 좋아질 준비를 하며 버튼을 누른다.

"언젠가는 직접 가서 볼 날들이 오겠지요. 눈이 많이 내리는 곳을 제일 먼저
여행하고 싶네요. 신비롭잖아요."

# 20대 여자
## 한국

"코인노래방이요."
아무것도 신경 쓰고 싶지 않을 때 혼자 간다. 일주일에 한두 번, 20~30분을
혼자 즐긴다. 빠른 랩이나 악을 쓰는 노래를 부르며 모두 쏟아낸다.
2~3달에 한 번은 1~2시간씩 부를 때도 있다.

"온갖 스트레스가 다 풀려요. 주로 회사 일이나 인간관계에서 오는
스트레스지요." 스트레스를 안 받는 성격이냐고 주변에서 자주 묻는다.

"코인노래방에서 혼자 정기적으로 풀고 있는 줄도 모르고요. 틈틈이 주기적으로
쏟아내니 쌓이지는 않아요."
실컷 부르고 나오면 목은 아픈데 머리는 아무 생각이 없어진다. 소리를 많이
지르니 귀는 멍한데 그 멍해지는 기분이 좋다.

"그 상태로 집에 와서 씻고 바로 누워 자요. 아무 생각이 없어져서 너무 좋죠."
그날의 기분이 완전히 해소된, '0'으로 리셋된 느낌으로 드는 잠자리는
안락하고 편안하다.

# 20대 여자
# 브라질

"혼자 생각하고 숨 쉬는 시간이요."
주로 주말 저녁시간이다. 음악을 챙겨 집 앞 공원으로 나간다. 발라드도,
클래식도, 락도 있다.
음악 취향이 다양해 기분에 따라 골라 듣는다.

무거운 마음이 들면 일단 나간다.
혼자 걸으며 음악을 들으면 어느새 마음에 고요가 찾아온다.
걸으며 들으며 곱씹으며 가벼워지는 마음.
주로 요즘은 공부 스트레스가 많다. 한국어학당을 다니며 한국어를 배우지만
다가올 대학입시와 미래에 대한 불안감이 크다.

"나중에 무슨 일을 하며 살아가야 할지에 대한 고민이 크지요. 당장은 대학에
들어가야 하는 숙제가 있고요."

불투명한 미래에 대한 생각이 들 때 마음이 울적해진다. 매주 한 시간씩 혼자
걸으며 숨을 들이쉬고 마음을 다잡아본다.

# 30대 여자
# 한국

"호텔이요."

매일 사람들과 마주해야 하는 직장, 가족들과 늘 함께 있어야 하는 집을 떠나
오롯이 혼자만의 달콤한 쉼을 갖기 위해서다. 그는 아무도 방해하지 않는 조용한
공간에서 의식의 흐름대로 1박2일을 지낸다.

"두세 달에 한 번 정도요? 여행이 예정돼 있을 때는 여행으로 대체하기도 하고요."

규칙적으로 짜여진 평소 스케줄을 모두 무시하고 마음 가는 대로 행하는
혼자만의 귀한 시간이다. 읽고 싶은 책 한 권과 간단한 음식을 챙겨 방에서
보낼 만반의 준비를 끝낸다. 그날만큼은 스마트폰도 꺼두거나 무음으로 바꾼다.

"먹고 싶을 때 먹고 자고 싶을 때 자는 온전한 자유, 그런 시간이 주기적으로
꼭 필요한 것 같아요."

그는 일상에서 사람들과 부대끼며 받는 스트레스가 일정 시간이 되면 차올랐다.
혼자만의 시간으로 쌓였던 것을 털어낸다.

"하루라도 세상 돌아가는 것에서 거리를 두고 마음껏 쉬고 나면 기분전환이 되고
활력도 생기더라고요."

## 가방 속으로, 주머니 속으로

핸드폰이 몸에서 떨어지지 않는 세상이 되었다. 사람과 사람 간에 나누는 시간보다 핸드폰으로 소통하는 시간이 길어지고 있다. 없으면 초조하고 불안하다. 핸드폰과 크레딧 카드, 현금을 제외하고 평소 지니고 다니는 것들 가운데 의미 있거나 중요한 게 있을까. 사람들의 주머니와 가방 속을 들여다봤다. 게릴라로 물었다.

# 60대 여자
## 한국


"요즘 가방 속에 이게 없으면 당황스러워요."
불쑥 꺼내 보여준 건 돋보기였다. 자동차에 하나, 가방에 하나, 주방과 거실 등
집안 곳곳에 두다 보니 6개나 됐다. 50대 후반에 노안이 왔으니 늦게 온 편이다.

"그렇게 여러 군데 둬도 없어서 찾을 때가 한두 번이 아니에요. 밖에 나와
안경 케이스를 열면 정작 돋보기는 없을 때도 있고요. 불편하긴 하죠.
그래서 차 안에 꼭 하나를 더 두는 거예요."

책을 좋아했는데 눈이 자주 피로해지고 충혈되면서 책을 멀리하게 됐다.
문자도 잘 안 쓴다. 가까운 것이 흐릿하게 보이기 시작한 지 3년쯤 됐다.

불편하긴 해도 서글프지는 않다. 다시 젊음으로 돌아가고 싶지도 않다.
자연스럽다고 생각하니까.

"젊었을 때 너무 힘들었다는 생각이 들어서 그런 가 봐요. 많은 것들을 편하게
누릴 수 있는 지금이 좋아요. 이제 하고 싶은 일들을 하나씩 하면서 살아가려고
해요. 몸도 마음도 건강하게요." 나이가 들면서 여유가 생겼다.

그에게 돋보기의 의미를 물었다.
"소통이요? 편리함이고요. 생활 속에서 이제 얘가 없으면 안 되니까요."

언젠가 책을 한 권 쓰려는 꿈을 가지고 산다. 아직 하고 싶은 게 많다.

# 30대 여자
# 일본

"젓가락이요."
독특했다. 한국을 드나들며 생긴 습관이라고 했다. 처음 한국 여행 왔을 때 식당에서 젓가락질을 하지 못했다.

"너무 무거워서요. 두 번째 방문 때 가장 먼저 챙긴 게 일본식 나무젓가락이었어요."

둥근 모양의 가벼운 젓가락이다. 가방에서 젓가락을 꺼내면 사람들이 쳐다봤다. 부끄러워 테이블 아래서 몰래 꺼냈다. (웃음)

한국인을 만나 사랑에 빠졌고 결혼을 약속했다. 벌써 다섯 번째 방문이다.

"한국은 특히 마음에 드는 것이 있어요. 모든 식당에서 반찬을 푸짐하게 무료로 계속 주는 것이요. 맛도 있고요."

그는 일상을 살아가는데 '잘 먹는 것'과 '잘 자는 것'이 중요하다고 생각한다. 그에게 '젓가락'은 건강한 삶을 지향하는 상징적 의미다.

"결혼 후에는 주로 집에서 밥을 해먹을 테니 그때는 지도가 가장 중요해지지 않을까요? 외식할 땐 당연히 젓가락은 계속 챙기겠죠."

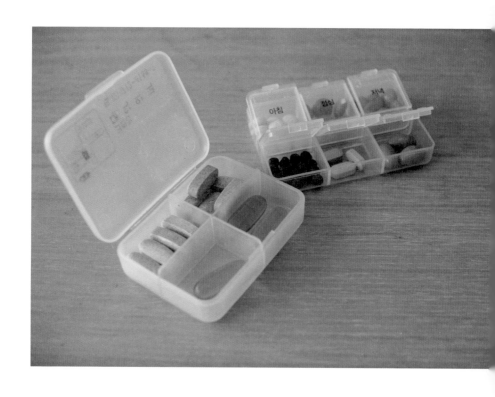

# 70대 여자
## 한국


"가방이요? 별거 없는데요. 약이 절반이에요."

간결하게 정리된 약통에는 고지혈증 약, 오메가3, 비타민C, 진통제, 소화제가
있었다. 백내장을 늦추기 위한 안약도 있다. 눈이 점점 침침해지고 있다.


"10년 전부터 가방에 약이 하나, 둘 늘기 시작하더니 점점 무거워졌어요."

가방 속 필수품은 약이 돼 버렸고 이제는 없으면 안 된다.

"약들로 가방 속이 채워질수록 기분이 별로지요. 주변 친구들도 비슷해요.
핸드백이 아니라 약통이나 다름없어요." 약은 가방 속 가장 중요한 물건이 됐다.
핸드폰, 현금보다 먼저다.


두 번째는 손수건.

"손수건이 없으면 불안해요. 10대부터 늘 지니고 다녔거든요."

그에게 손수건은 티슈나 물티슈로 대체되지 않는다.

잊고 나오면 다시 챙겨서 나올 정도로 특별하다.

"눈물을 닦기도 하고 요즘은 땀을 닦기도 하고⋯⋯
젊을 땐 울 일이 꽤 있었나 봐요. 지금은 울 일은 별로 없지만 그냥 눈물이 주르륵
흐를 때가 많아요."

나이가 들어서라고 말했다.

# 30대 여자
## 한국

"수첩이요."

일상의 기록을 놓지 않는다. 중학교 때부터다. 매 순간은 아니지만
항상 적을 수 있는 준비가 돼 있으면 마음이 편안해진다.
생각이나 단어를 잡아두고 싶은 마음이다.

"의미를 만들고 싶었어요. 흩어지지 않게."

두서없이 그때그때 생각이나 감정을 적는다. 생각에 대한 이야기라 해도 되겠다.
스스로와 대화하는 곳, 다시 읽지도 않는다. 그렇게 수첩이 1년에 한 권씩 모였다.
아직 한 권도 버리지 않았다.

"솔직히 찢어버리고 싶을 때도 많아요. 혹시 누가 보지 않을까 하는 불안감도
가끔 들고요. 아무도 안 봤다고 믿고 싶네요. 앞으로 계속 쓸 것 같아요."

마음속에 있는 걸 풀어내는 수단이다. 그 안에서는 솔직해질 수밖에 없다.
수첩이 없을 땐 티슈나 종이를 찾아 적고 수첩에 날짜를 표시해 붙여둔다.

"속이 후련하죠. 완전 날것이니까요. 정신건강에 좋은 것 같아요."
수첩은 자신과 오롯이 마주하는 공간이자 최고의 벗이다.

# 40대 남자
# 한국


가방 속 지갑 안에서 납작해진 털 뭉치를 꺼냈다.

"제 아들이에요." 자세히 들여다봐도 털실 같았다.
"지호요. 제가 살아가는 원동력이에요."
있는 자체로 위로가 되는 존재, 15년째 함께하고 있다고 했다. 고양이였다.
매일 털을 빗겨주다 보니 빠진 털을 버리는데 그 일부를 5~6년 전 지갑에
넣어뒀다. 항상 같이 있는 느낌이 들었다.

"동물 통역사라는 직업이 있다고 들었어요. 언젠가 기회가 되면 대화를 해보
고 싶어요. 무슨 생각을 하는지 궁금할 때가 있거든요."
매일 가장 가까이에서 마음과 감정을 나누는 대상이지만 아쉬울 때가 있는
모양이다. 그에게 지호의 의미는 무엇일까.
"사랑이에요. 그 자체로 충분하고 바라는 게 없으니까요."

# 40대 여자
# 한국


타로카드가 들어 있었다.

"혹시 타로점도 보세요?" 그는 쑥스러운 듯 미소 지으며 말했다.
"배우기 시작한 지 이제 3주 됐어요." 이유가 궁금했다.
"소설을 쓰는 데 무작정 사람들을 취재하는 게 좀 쑥스러워서 '타로' 라는 것을
통해 사람들과 이야기를 나눌 수 있으면 어떨까란 생각을 하게 됐어요."

갑자기는 아니다. 타로를 접할 기회가 몇 번 있었는데 번번이 그 풀이대로 일이
풀렸고 자연스럽게 관심이 생겼다.

"너무 재미있어요. 그림 자체가 중세적이고 신화적이라 볼 때마다 기분도
좋아지고 타로 카드 한 장으로 여러 가지 해석을, 상황을 유추하는 재미가
쏠쏠하죠."
그의 눈이 아이처럼 반짝거렸다. 타로와 사람과 소설, 그가 엮어둔 연결고리다.

" '타로' 라는 다리를 통해 사람들의 삶 속으로 깊숙이 들어가 보고 싶고
그러다 보면 좋은 작품도 나올 수 있지 않을까요?"
재미난 실험 같았다. 78장의 카드 대신 1장짜리 축소판을 요즘 매일 밤
가방 안에 넣으며 배시시 웃는다.

# 40대 여자
## 미국

"열쇠요? 유일하게 쉴 수 있는 공간, 육체적으로 가장 편안할 수 있는 곳으로 들어가게 해주잖아요." 집 열쇠라고 했다. 그에게 침대와 잠은 안락한 휴식을 의미한다. 오롯이 혼자일 수 있는, 그만의 그를 위한 공간이다. 음악이 있고 쉼이 있다.

의미로 따지면 지갑이 먼저다.

2년 전 프로젝트를 협업하던 회사 동료로부터 받은 선물이다.

"일에 치여 무척 힘들게 지낼 때였어요. 매일 쌓인 일들을 하며 스트레스를 많이 받았어요." 지쳐 있을 때 마음을 다독여줬다. 위로와 격려가 고스란히 담긴 귀한 선물이었다.

"마주할 때마다 따뜻해지는 느낌이랄까요? 기분이 좋아지는 물건이에요."
지금까지 지갑을 바꾸지 않은 이유다.

다시 열쇠 이야기로 돌아갔다.

"요즘은 대부분 번호 키만 쓰잖아요. 저는 이중 잠금을 해요. 집을 옮기게 되더라도 계속 열쇠를 같이 달게 될 것 같아요." 주로 가방 안주머니가 열쇠를 넣어두는 자리다. 아직 한 번도 잃어버린 적이 없다.

"그만큼 중요하니까 꼼꼼히 챙기겠죠?
집이라는 공간은 굉장히 사적이고 특별한 곳이니까요."

# 20대 남자
## 한국

반창고를 늘 지니고 다니는 한 남자가 있다.
평소에는 가방에 하나씩 챙기고 오늘은 카메라 가방에 넣었다.

"없으면 불안해요. 오래된 습관이에요."
그는 일종의 트라우마 같은 것이라고 설명했다. 초등학교 1학년 때 선물로 받은 문구 세트. 칼을 빼다가 크게 베이는 사고가 났고 응급실로 옮겨졌다. 상처가 깊고 커 꽤 많이 꿰맸다. 두려움과 무서움보다 짙은 공포였다. 왼쪽 검지에 아직 그 흔적이 남아 있다. 그날 이후 반창고와 연고를 주머니에 지니고 다니기 시작했다. 불안하던 마음이 가라앉았다.

"어찌하다 보니 손을 쓰는 일을 하게 됐어요. 칼을 쓰는 일이 잦지는 않지만 손을 다칠 일이 다른 직업보다는 많죠."
반창고는 다시 그의 삶에 묘하게 얽혔다. 주머니 속 반창고는 같은 일을 하는 동료들을 위해 쓰여 질 때도 많았다.

"저에게는 엄마 손 같은 것이요? 감싸주는 느낌, 마음의 안정을 주는 특별한 물건이에요."

그는 지금도 베일 수 있는 물건은 무조건 반대 방향으로 예민하게 확인하는 습관이 있다.

# 50대 여자
## 한국

가방 속에 무언가 수북하게 담겨 있었다.
"이 안에 있는 것들이 그냥 저예요."
헝겊가방에 가득 담긴 물건들은 화장품과 제품책자였다.
"살아가는 이유, 생존의 물줄기, 위로자, 피난처였어요."

17년 전 아이들과 살아가기 위해 화장품 영업을 시작했다.
순탄치 못했던 남편의 경제활동 대신이었다.
"그 덕에 저를 찾았고 이것이 있었기에 무너지지 않고 견뎠어요.
희망이기도 도전이기도 기쁨이기도 아픔이기도 눈물이기도 했죠."

화장품과 함께 그는 성장했고 단단해졌고 편안해졌다. 수줍고 여리기만 했던
그는 화장품을 만나 자신감을 얻었고 오기도, 악착스러움도 배웠다.

"80살까지 화장품을 이렇게 들고 다니고 싶어요. 당당하게, 멋진 여자로요."
가방 속에 빼곡하게 자리한 물건들은 그냥 화장품이 아니었다. 그의 삶이었다.

## epilogue

단정 짓기보다 여지를 두는 게 늘었다.
하고 싶은 말보다 듣고 싶은 말이 많아졌다.
강렬한 것보다 스미는 게 좋아졌다.

조금씩 달라지는 나를 보았다. 변화가 주는 의미가 무엇인지 정확히
알 수 없지만 마음이 편안해졌다. 미지근하더라도 오래가고 싶다.

예상치 못한 일들을 만나며 보기 싫은 나도 마주해야 할 때가 있었다.
버거워도 들여다보고 차근차근 받아들이다 보니 마음이 훌쩍 자랐다.
매일 속에서 아끼는 사람들과 자주 웃음을 나눌 수 있으면 됐다.

가끔 또 떠나겠지만 이제 떠나지 않아도 마음을 지킬 줄 알게 됐다.
제자리에도 미처 보지 못한 '처음' 이 곳곳에 많았다.
아직 주고 싶은 사랑도 많았다.

흐르듯 일상을 보내다 보니 조금씩 단단해지는 나를 만났다.
내일 더 그랬으면 좋겠다.

2020. 4.